GW00538178

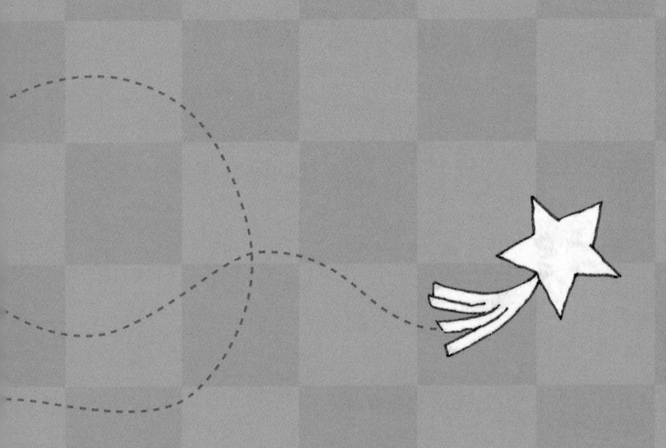

Directeur : Frédérique de Buron
Directeur éditorial : Sarah Koegler-Jacquet
Éditeurs : Nathalie Marcus / Charlotte Graillat
Directeur artistique : Maryl Foucault
Maquette : Solène Brochard
Fabrication : Maud Dall'Agnola

Rédacteur : Didier Dufresne
Adaptation de l'image : Jean-Claude Gibert, d'après
les personnages créés par Jean et Laurent de Brunhoff

ISBN : 978-2-01-226160-0 – Dépôt légal : Octobre 2009 – Édition 02
Loi n° 49-956 du 16 juillet 1949 sur les publications destinées à la jeunesse.
Imprimé en Chine.

LES PETITES HISTOIRES

BABAR™

C'est Noël chez Babar

hachette
JEUNESSE

C’est bientôt Noël et il a neigé ce matin.
Les enfants attendent le retour de Babar.

Soudain, Flore s’écrie : « Le voilà qui revient ! »
Babar entre : il porte un beau sapin.

Babar installe le sapin dans le salon.
« J'ai trouvé les boules et les guirlandes »,
dit Isabelle.
Alexandre monte sur une chaise et dit :
« Aidez-moi à le décorer ! »

Pom applaudit : le sapin est magnifique !
« Et si vous écriviez votre lettre au Père Noël ? » propose Céleste.
Sur leur feuille de papier, les enfants s'appliquent.
« Moi, je lui fais un dessin, dit Isabelle.

– Alors, qu'avez-vous demandé ? interroge Babar.
– Une moto ! Un avion ! répondent les garçons.
– Une poupée ! Un habit de fée ! répondent les filles.
– Il ne vous reste plus qu'à être bien sages »,
ajoute Babar.

Le grand soir est enfin arrivé. Cette nuit,
le Père Noël va passer ! Céleste dit aux enfants:

« Il faut mettre vos chaussures au pied du sapin.
– Moi, j'en mets trois paires ! s'écrie Pom, tout fier.

– Allez vite vous coucher maintenant », dit Babar.
Ce soir, pas besoin d'insister !
Les enfants se précipitent dans leur lit et, sous les couvertures, ils rêvent de jolis cadeaux.

NOËL

Le lendemain, Pom est le premier levé.
« Venez ! Venez ! Le Père Noël est passé ! »

Des paquets brillent sous le sapin.
C’est l’heure d’ouvrir tous les cadeaux !

1
1

Alors vient le grand déballage, au bonheur
des enfants sages. Tout le monde est très gâté !
Les enfants sont émerveillés :
Noël, c'est le plus beau jour de l'année !

JEU des ombres

Pour chacun des objets ci-dessous,
retrouve l'ombre qui lui correspond.
Attention, il y a deux intrus !

1

2

3

4

5

8

7

6

Solution : A-3, B-8, C-6, D-7, E-1, F-4. Les intrus sont les ombres 2 et 5.

Dans la collection **LE**

ETITES HISTOIRES :

Retrouve Babar et
sa famille dans toutes
leurs aventures !